AF330029

ESSAI

D'UNE TRIBUNE POÉTIQUE,

DESTINÉE SPÉCIALEMENT AUX CURÉS DESSERVANTS
ET A LA JEUNESSE, PRINCIPAL ESPOIR DE LA PATRIE.

(N° 1er.)

PAR **E. BREBION**, PRÊTRE,

curé de Villotran, par Aunenil (Oise), auteur de poèmes divers, du
Musée de Versailles, de trente-quatre Epitres, Fables, et notamment
du Poëme : la *Vérité à Rome, Paris et Londres.*

Prix : 50 c., et 70 c. par la poste.

« Ne faites pas de mal ni de peine à personne ;
« Votre intérêt le veut, l'humanité l'ordonne,
« Souvenez-vous, mon fils, que c'est l'humanité
« Qui sert de premier culte à la divinité.
« L'humanité toujours au sublime est unie :
« Sans une âme sensible il n'est pas de génie.
« Du sort des malheureux adoucir la rigueur
« C'est de l'autorité le droit le plus flatteur.
« Oh ! quand on peut couper le cours d'une injustice ;
« Ne le point arrêter c'est s'en rendre complice.
« Un longtemps se consume à détruire un méchant ;
« Pour perdre un honnête homme il ne faut qu'un instant.
« Un méchant, tôt ou tard, reçoit sa récompense ;
« Le ciel ne peut souffrir un crime sans vengeance.
. . . . , ... »

(*Distiques français*, recueillis par TREMB.)

A PARIS,

CHEZ L. LACROIX, LIBRAIRE,
rue Hautefeuille, 18.

1841

AVIS.

Si ce numéro spécimen d'un *Essai d'une Tribune Poétique* obtient le succès espéré, il paraîtra par la suite *onze fois* l'an, le mois d'août excepté, de manière à n'exiger ni cautionnement ni timbre.

Chaque numéro de la *Tribune Poétique* contiendrait vingt pages in-8" dont modèle et caractères, dont les deux tiers en vers : *poèmes, épitres, fables, allégories*, etc.

Le prix de chaque numéro est fixé à 50 centimes pour les non abonnés; il serait de 4 francs par an pour les abonnés, en cas d'un nombre suffisant pour couvrir les frais.

Ainsi que nous l'observons dans le *prospectus*, la mission de la *Tribune Poétique* serait la défense de la religion, du bon droit, de la raison et surtout du malheur et de l'infortune.

Quoique victime nous-même d'une persécution *incroyable*, nous nous tairons généreusement sur nos intérêts personnels, à moins qu'une nouvelle persécution ne nous pousse à l'extrémité : *In extremis omnia intenda sunt!*

Nous traiterons dans la *Tribune Poétique* des questions importantes et délicates : *de l'inamovibilité des curés desservants; de l'élection des dignitaires ecc ésiastiques* par une sage combinaison d'électeurs prêtres, civils et municipaux, etc.

Cet heureux retour aux anciennes lois de l'Eglise, que nous provoquons de tous nos désirs et de tous nos efforts, est plus avantageux encore aux prélats qu'à leurs subordonnés; car on nous rendra cette justice, que tous les droits des évêques y sont conservés et même augmentés; que le Saint-Siége conserve ses immuables prérogatives, que le gouvernement ne perd rien de son influence, et que les prêtres et le peuple prennent une part naturelle et légitime à ce qui les intéresse si essentiellement. En un mot nous avons respecté tous les droits.

Quoi qu'il en soit, notre franchise avoue que nous redoutons des obstacles. On nous reprochera peut-être de consumer un temps précieux à écrire, alors que notre ministère devrait absorber notre zèle et nos travaux. A quoi nous répondrons que tout ici-bas est relatif; qu'il plaît quelquefois à Dieu de donner à un seul homme cent fois plus d'activité qu'à un autre; que nos poésies sont d'ailleurs composées et ne demandent que quelques heures de transcription par mois; que le Tout-Puissant dispose des hommes et des choses pour en venir à ses fins; que ses desseins sont rarement d'accord avec les combinaisons humaines, et que le malheur d'un individu est utile aux intérêts de plusieurs; que Dieu est le père des hommes, que les prêtres sont ses ministres, les malheureux ses favoris.

Ce serait nous rendre une justice méritée que de croire que nous ne visons nullement à la réputation; et puis la réputation ne fait pas le bonheur! Ne voyons-nous pas tous les jours le ridicule s'essayer d'abord sur le génie même, et qu'avant d'obtenir la justice il recueille la méconnaissance pour chaque succès, l'envie pour chaque chef-d'œuvre, la persécution pour chaque triomphe? Pour nous, nous écrivons par *nécessité*, pour améliorer notre sort et celui de nos pairs, et nous espérons que notre obscurité et nos bonnes intentions nous soustrairont aux outrages dont ne peuvent se garantir les hommes du mérite le plus éminent.

ESSAI

D'UNE TRIBUNE POÉTIQUE,

ESPRIT QUI DOIT PRÉSIDER A SA RÉDACTION.

Prospectus.

L'égalité des droits, sinon celle des dignités et de la fortune, est évidemment le patrimoine moral et imprescriptible de l'espèce humaine. Deux révolutions françaises se sont opérées pour consacrer ce droit; et, chose bien digne de remarque, c'est que les quatre grandes lumières qui éclairent la France, c'est à dire l'Europe et l'univers, *Chateaubriand*, de *Lamartine*, de *Lamennais* et *Victor Hugo*, sont unanimement d'accord sur ce point, d'ailleurs incontestable.

C'est donc un fait consommé que l'égalité des droits est désormais un dogme de la nouvelle foi sociale et politique, la pierre fondamentale de la charte constitutionnelle, et le fondement désormais éternel de la législation d'un peuple libre et éclairé.

Il ne faut pas une bien grande portée d'esprit pour comprendre que, *primitivement*, avant la formation des sociétés régulières, l'intelligence, la probité, les qualités physiques furent les titres légitimes aux pouvoirs, aux rangs et aux dignités; et c'était justice : à l'intelligence la domination; à la probité la confiance et le crédit; aux capacités la force et la puissance.

Quoi qu'il en soit, l'histoire de la pauvre humanité est là qui nous apprend que ces principes d'éternelle équité furent méconnus par l'abus de la force sur le droit. Le christianisme rétablit seul, pour un temps, l'empire des droits de la nature; ses chefs et ses dignitaires furent les élus du peuple; mais la justice civilisatrice du christianisme fut absorbée, à son tour, par l'absolutisme envahissant. Dès le *douzième* siècle, en 1143, le chef suprême de l'Eglise cessa d'être élu par le peuple (1); son élection devint le privilége exclusif des cardinaux; les évêques furent nommés en vertu de conventions et de concordats, jusqu'à ce qu'enfin les puissances laïques s'arrogèrent

(1) Célestin II fut le premier pape élu sans l'intervention du peuple.

seules ce droit, sauf la confirmation du Saint-Siége, qu'à mon avis il serait très difficile de refuser.

Cette violation des droits naturels de l'homme se prolongea trop long-temps ; des abus énormes et révoltants ont altéré le principe vital du christianisme, qui repose évidemment sur le droit et la justice dont la masse du peuple a l'interprétation naturelle et légitime. Cette méconnaissance du pouvoir religieux et de l'influence des masses ont produit cette défaillance, cette débilité que l'on regrette de remarquer surtout dans le catholicisme, dont l'action trop circonscrite paraît plutôt un instrument secondaire et auxiliateur qu'une puissance germinante et régulatrice ; en un mot, le matériel domine le moral, la forme absorbe le fonds, le corps commande à l'âme.

Ces abus énormes, qui malheureusement n'ont pas tous disparu, et dont plusieurs même se sont multipliés et enracinés, excitèrent la juste indignation des hommes de génie qui consacrèrent leur vie à les signaler et à les détruire : *Montesquieu*, *La Bruyère*, *Corneille*, *Molière*, *Boileau*, et jusqu'à notre inimitable fabuliste *La Fontaine*, vouèrent leur plume immortelle à la destruction de ces dommageables abus.

Il est beau de voir, comme l'illustre *Corneille*, par exemple, donne cette belle et courageuse leçon aux rois absolus qui ne reconnaissent que leur seule volonté pour règle de leur puissance :

> « Lorsque le déshonneur souille l'obéissance,
> « Les rois peuvent douter de leur toute-puissance :
> « Qui la hasarde alors n'en sait pas bien user,
> « Et qui veut pouvoir tout ne doit pas tout oser. »

(Don Sanche.)

Lors des fatales ordonnances de 1830, je me rappelai involontairement ces beaux vers d'une portée immense, et je me disais : si j'étais ministre, je conseillerais au roi Charles X la lecture et la méditation de ce beau quatrain. Puisse cette méditation être plus utile à d'autres monarques !

Souvent je l'ai entendu répéter : « La couronne a perdu de son prestige et de son éclat. » Je ne suis pas de cet avis. N'est-ce pas un fait que la royauté constitutionnelle a conservé les deux belles parts de la couronne : l'inviolabilité et l'hérédité ? Dès lors point de responsabilité, et sécurité pour l'avenir.

Qu'importe, après tout, l'action des chambres sous un ministère responsable ? Le trône n'en est-il pas mieux consolidé, s'étayant sur le double appui des deux chambres, surtout quand c'est la couronne qui fait la paix et la guerre, qui nomme à tous les emplois religieux, civils, militaires, à tous les emplois enfin ?

Dès lors la couronne, autant et plus que les masses, a un intérêt évident au règne de la liberté et de l'égalité. Tous les citoyens français étant accessibles aux emplois et aux dignités, la couronne peut, avec équité et profit, choisir et récompenser les plus dignes dans toutes les branches de l'administration.

Que de résultats heureux ce principe équitable et fécond de la liberté et de l'égalité des droits n'a-t-il pas produits depuis cinquante ans ! Un *Napoléon*, qui n'eût pas dépassé le rang d'un illustre général, sous l'empire de l'absolutisme; un *Soult*, un *Ney*......, enfin toutes ces illustrations qui peuplent la chambre des pairs, des députés et toutes les hautes administrations, et qui font de la France un pays unique pour les hommes de mérite de tout genre.

Retranchez la liberté et l'égalité des droits, et vous retombez dans le régime odieux du privilége, de l'absolutisme et de la tyrannie. Les emplois et les dignités deviennent le partage exclusif de la faveur, des priviléges, du népotisme et du hasard. La justice n'existera que pour le fort; et même, sous l'empire de la charte, que d'erreurs, que d'indignes préférences, que d'odieux ralliements! Oh! si du moins les anciens ennemis du gouvernement, comblés aujourd'hui d'honneurs et de dignités, indemnisaient seulement leurs malheureuses victimes! Mais le pouvoir a le fatal privilége d'endurcir le cœur des hommes indignes de le posséder; car les grandes âmes sont toujours humaines, généreuses, bienfaisantes, sublimes, surtout dans la prospérité.

Nous croyons, pour notre part, que la royauté constitutionnelle est la clef de l'édifice d'un gouvernement représentatif; que son inviolabilité est la seule garantie du respect dû au pouvoir. Nous respectons toutes les institutions du gouvernement, les chambres des pairs, des députés, les Cours royales, le jury, etc..... Nous sommes aussi de ceux qui pensent que la noblesse ancienne et nouvelle ont généralement, et presque sans exception, bien mérité leurs titres; nous regardons la noblesse comme la sanction du vrai mérite et la consécration de la vraie gloire, car que d'efforts la malveillance et l'envie n'ont-elles pas dû tenter pour s'opposer à cette honorable distinction!

Pardessus tout, quoi qu'on en pense et dise, nous respectons le pouvoir de nos évêques; nous ne voulons ni ne pouvons d'ailleurs empiéter sur aucun de leurs droits. A eux le pouvoir et l'autorité de décider; à nous, chrétien, prêtre ou citoyen, celui d'humblement proposer.

Après cet hommage sincère que nous rendons ici à tous les pouvoirs, à toutes les autorités, à toutes les distinctions, nous ne craignons pas d'exprimer ici que notre opinion est que la *dignité personnelle* est la plus *honorable*, la plus *réelle*, la plus *incontestable*; car la dignité personnelle est *intrinsèque*, tandis que les dignités humaines ne sont quelquefois que des accidents de bonheur, de hasard et de convention.

Nous partageons, à ce sujet, cette opinion de *La Bruyère :* « Après le MÉ- « RITE PERSONNEL, il faut l'avouer, ce sont les éminentes dignités, les grands « titres dont les hommes tirent le plus de distinction et d'éclat, et qui ne « sait pas être un *Erasme* doit songer à devenir évêque. »

L'illustre *La Bruyère* ne dit pas qu'un évêché ne peut pas être aussi le prix, la récompense d'un véritable mérite; et, fort heureusement, nos illustres et pieux évêques sont souvent au niveau de leur sublime élévation. (Ici l'exception a lieu.)

Pour moi je me fais un devoir de le confesser; je me félicite d'avoir pour premier pasteur un digne apôtre de *Jésus crucifié*, prélat savant et érudit, le protecteur de ses prêtres, et par conséquent le mien, je suis logique; seulement je regrette que ma bonne volonté ne soit pas en proportion avec la tâche que je m'impose sans préméditation. Si j'étais pair ou comte, ou mieux prince ou *Napoléon*, mes éloges légitimes, sans l'être, paraîtraient plus désintéressés, et seraient surtout plus flatteurs pour leur objet; mais la faute ne m'est pas imputable assurément.

Nous croyons devoir déclarer encore que nous pensons que *La Bruyère* dit vrai quand il dit : « Quelle plus grande honte y a-t-il d'être refusé d'un « poste que l'on mérite, ou d'y être placé sans le mériter? » De la *Cour*, t. 1, « p. 288. — « Il y a tels que s'ils pouvaient connaître leurs subalternes et se « connaître eux-mêmes, ils auraient honte de primer. T. 1, ch. 1, p. 8. »

Enfin nous pensons avec *La Bruyère* que les hommes médiocres ou nuls sont des critiques et des censeurs nécessaires et *d'origine*, et que quelquefois on les rencontre chez les riches, les petits et faux grands ; citons : « Si les « pensées, les livres et les auteurs dépendaient des riches et de ceux qui ont « fait une belle fortune, quelle proscription! il n'y aurait plus de rappel ; quel « ton, quel ascendant ne prennent-ils pas sur les savants? Quelle majesté « n'observent-ils pas à l'égard de ces hommes *chétifs* que leur mérite n'a ni « placés ni enrichis, et qui en sont encore à penser et à écrire judicieusement? « Il faut l'avouer, le présent est pour les riches et l'avenir pour les vertueux « et les habiles. *Homère* est encore et sera toujours! les receveurs des droits, « les publicains ne sont plus; ont-ils jamais été? Leur patrie, leurs noms « sont-ils connus? Y a-t-il eu dans la Grèce des partisans? Que sont deve- « nus ces impertinents qui méprisaient *Homère?* Qui ne songeaient qu'à l'évi- « ter, qui ne lui rendaient pas le salut, ou qui ne le saluaient que par son « nom? qui ne daignaient pas l'admettre à leur table, qui le regardaient « comme un homme qui n'était pas riche et qui faisait un livre!!! Que devien- « dront les *Fauconnet* et les ***? iront-ils aussi loin dans la postérité que « *Descartes*, né *français* et mort en *Suède?* » La Bruyère, *des Biens de la Fortune*, t. 1, p. 241.

Quant à nous (ou à moi, ce qui est tout un, et ne nous oblige nullement à rectification), nous avons la consolation de pouvoir déclarer que nous n'avons jamais eu à nous plaindre d'aucun riche, *proprement dit:* plus nous avons rencontré des hommes élevés en fortune et en dignités, plus nous y avons rencontré procédés généreux et justice ; nous avons même l'inexprimable consolation d'avoir pour propriétaire du château de notre paroisse une famille honorable et vénérée dont l'antiquité de la race est une garantie de plus de sa dignité. Là l'on rencontre tout à la fois mérite substantiel, bienfaisance ineffable et discrète, procédés délicats, franchise et droiture, compassion pour les malheureux ; enfin tout ce qui constitue la véritable noblesse titulaire et personnelle.

Quel sera au reste le succès de notre entreprise? C'est ce que nous ne pouvons prévoir. Il nous semble pourtant que si nous n'éprouvions pas de contrariétés ni de persécutions, la *Tribune Poétique* aurait à dire des choses assez importantes pour intéresser surtout deux classes de lecteurs, les vénérables curés desservants et la jeunesse avide d'instructions solides.

La *Tribune* aura toujours pour but la défense de la religion, de la raison, du bon droit et surtout du malheur et de l'infortune. Quant à nos principes littéraires, ils sont, nous le pensons, de toute pureté ; nous sommes *classiques* par goût, mais nous avouons que le *romantisme* est fécond en heureuses inventions profitables.

Quant à la politique proprement dite, notre dessein formel est de ne jamais nous en mêler, notre dernier article sur cette matière remontant au mois de novembre 1827, il y a quatorze ans.

Nous croyons pourtant devoir déclarer que nous ne partageons nullement la crainte que *Paris fortifié* devienne le boulevart du despotisme. Paris fortifié ne sera pas *Paris bétifié!* Paris sera longtemps encore l'œil étincelant de la France et du monde, brillant de l'éclat du diamant et dur comme lui. Nous croyons que le plomb s'applatirait à son dur contact, et que la spirituelle Lutèce se rira victorieusement de ses impuissants embastilleurs et de ces pygmées tyrannaux. Nous supposons au gouvernement des intentions sincères et droites; *Paris fortifié* nous paraît au contraire le boulevart invincible de la liberté et du droit. Une dynastie populaire, généralement chérie, éclairée par une longue expérience, sait qu'elle manquerait de soutien si elle ne s'appuyait sur les masses, altérées de la jouissance entière et complète de leurs droits. Notre auguste dynastie sait, comme l'a dit un orateur éloquent, *M. Molé,* « Que tous les gouvernements, petits comme grands, périssent « comme tous les pouvoirs périssent, par l'abus, par l'exagération des prin- « cipes, par exubérance d'autorité. »

Cette vérité est incontestable même pour toute administration abusive et tyrannique. Les riches meurent de la pléthore, les pauvres meurent de faim; mais c'est toujours mourir. Le pouvoir est si séduisant; il engendre tant de flatteries et d'illusions, que, trompés, les puissants tombent dans l'abîme qu'on creuse sous leurs pas.

Heureux les maîtres de la terre qui garantissent à leurs peuples les droits dont Dieu lui-même les a gratifiés : la liberté, la justice, la jouissance légitime de leurs facultés et de leurs talents!

Paris est le phare lumineux qui éclaire la France et le monde : les bras de la force ne comprimeront désormais plus l'élan de l'esprit ni la raison du droit. En cas de lutte le combat ne serait pas douteux. Le militaire français est français, citoyen français; en cas d'atteinte aux lois fondamentales du gouvernement, le militaire se souviendrait bientôt qu'il n'est pas un automate, un instrument aveugle, employé contre lui-même; mais qu'il n'est comme tout autre homme assujetti qu'à une obéissance raisonnable et raisonnée. Nous en sommes heureusement arrivés à ce point où la force est subordonnée au droit dont elle n'a jamais dû être que l'organe. Malheur donc à quiconque toucherait à notre liberté et à nos droits! il jouerait le rôle du corbeau qui, voulant imiter l'aigle, tenta d'enlever un mouton, fut embarrassé dans sa laine, et devint le jouet des petits enfants.

Les dépositaires du pouvoir ne sont pas pour cela infaillibles; ils sont sur la terre les lieutenants de Dieu même; ils doivent avoir sa justice, son équité, sa patience, sa miséricorde. Aucun homme, fût-il roi ou empereur, ne peut donner le génie à un autre, ni le lui ôter : « Le génie est l'œuvre de « Dieu, a dit un grand poète, le génie donne la gloire, mais rarement la for- « tune ; l'envie est là qui ruine le bonheur du génie. Ce n'est jamais sans mo- « tif que Dieu donne à la terre de grands talents que les hommes et les « grands doivent exploiter à leur profit. »

Quant à nous qui reproduisons ce texte, nous nous croirions présomptueux de dire avec une dame spirituelle et savante, *la Sévigné de nos jours:* « Oh! nous n'avons reçu qu'une bien pâle étincelle dans l'injuste partage « de l'immortelle clarté ; mais nous ne donnerions pas cette faible lueur « pour toutes les splendeurs de la plus brillante fortune et du plus haut rang. « Nous n'avons obtenu au banquet de la renommée qu'une place bien mo- « deste; mais nous ne trouvons pas que c'est trop l'avoir achetée par l'ironie « des sots, par les privations de la pauvreté, par la rigueur du travail. »

Oui, je serais un *présomptueux* de m'appliquer ce passage, que je ne cite ici

que pour la morale qu'il renferme, savoir, que le génie est presque toujours en divorce avec la fortune, et que ce n'est qu'à force de labeur, de
peines, de travaux, de persécutions, de méconnaissances que l'homme de talent reçoit le prix tardif, et mille fois gagné, de ses œuvres laborieuses et
pénibles. »

Moi, pauvre hère, qui trace ces lignes timides, j'ai payé de deux exils la
faible lueur d'intelligence que j'ai reçue de la nature, et ce n'est qu'après
vingt ans de travaux assidus, de veilles constantes qu'il nous est enfin donné
l'encouragement d'oser annoncer au public la publication de la *Tribune
Poétique*. Encore si je n'avais à redouter de nouvelles persécutions de la part
de ceux-là même qui ont le plus grand intérêt à me seconder, à me proté-
ger; mais nous l'avons dit ailleurs : « L'honneur et la considération sont de si
« belles choses qu'on n'en veut que pour soi, et que, en voulant en priver
« ceux qui y ont droit, on s'en prive soi-même comme dans la fable de *l'hui-*
« *tre* et les *plaideurs*; ces derniers ne recevant pour prix de leur folle dis-
« pute que chacun une écaille. »

Mais il faut des titres littéraires pour publier une *Tribune Poétique?* J'en
conviens facilement. Me pardonnera-t-on de déclarer forcément que des succès poétiques, immérités sans doute, autorisent mon essai? Imprimer des
éloges dont je fus l'objet me paraît manquer à la délicatesse; la mienne
souffre déjà beaucoup d'entrer en ces explications indispensables. Le succès
de la *Tribune Poétique* dépendra, comme toute entreprise littéraire, de la
vogue, cette fille de la fortune aveugle qui n'y voit guère plus que sa mère.
C'est donc un dé que nous jetons au hasard : puisse la roue du bonheur nous
être favorable et un vent prospère soutenir la fragilité de nos ailes poétiques !

E. BREBION, prêtre.

HUITIÈME ÉPITRE.

DEUXIÈME

A SA MAJESTÉ LOUIS PHILIPPE

SUR LA PRESSE.

***

FRAGMENTS.

La *presse* est des talents le puissant véhicule,
Qu'on la dégage donc d'une ignoble férule ;
Qu'elle soit, ô mon roi, ce rayon lumineux
Qui jette sur ton règne un éclat radieux.
La liberté, sans *presse*, est une moquerie,
Une dérision qui trompe la patrie.
Qu'on raisonne, en effet : que si la liberté
De l'âme des humains est une faculté,
Qui dira le contraire ? Alors l'intelligence
Serait, sans liberté, détruite en son essence :
Penser la vérité sans pouvoir l'exprimer
C'est donner la parole à qui ne sait parler.
Eh quoi donc ! ô mon roi, pour un droit si vulgaire
Il aura si longtemps fallu faire la guerre ?
A l'homme pourquoi Dieu, toujours et juste et bon,
Aurait-il bienfaisant fait un semblable don ?
Mais, sans parler ici sans aucune hyperbole,
Ce serait donc aux muets qu'il donna la parole ?
D'un si sot argument le sens est révolté ;
C'est par trop se moquer de notre humanité !
Partisans zélateurs d'un commode mutisme,
Vous prêchez, éteignoirs, un triste absolutisme.
Si Dieu donne des yeux, sûrement c'est pour voir ;
S'il donne l'intellect, eh ! c'est pour percevoir !
Enfin c'est pour parler qu'il nous donne la langue ;
Pour prouver un tel fait nul besoin de harangue !
Chose étrange ! ô mon roi ; c'est que les éteignoirs

Savaient bien parler, eux, pour garder leurs pouvoirs.
O contradiction! mais de deux choses l'une:
La liberté pour tous, et qu'elle soit commune,
Ou bien qu'elle ne soit pas! soi seul on veut parler,
Les autres au silence on voudrait condamner;
Rien n'est plus révoltant que ce partage inique;
Il soulève du cœur la saignante réplique.
Mais, hélas! cependant des siècles entiers
Se sont surécoulés, où, dans ces temps grossiers,
La liberté n'était que des forts l'apanage;
Pour les faibles, hélas! ils avaient l'esclavage!
L'esclavage toujours! La pauvre humanité
Ne connut autrefois ni droits, ni l'équité.
Alors la liberté ne fut qu'un privilége,
Attribut immoral du puissant sacrilége;
De cet abus criant surgit le désespoir;
Les peuples mutinés renversèrent le pouvoir,
Qui, pour parler vrai, sans nulle métaphore,
Périt bien justement, tué par sa pléthore.
Pour avoir méconnu des petits tous les droits,
Les grands sont à leur tour mis en dehors des lois.
O bouleversement! réaction terrible!
Qui fit de notre France un lieu vraiment horrible;
Où les bons, les méchants, ensemble victimés,
Payaient, sans le savoir, l'erreur des temps passés;
Où la religion, dans le faste endormie,
Se rappela la croix de son divin Messie;
Où de la royauté les titres fastueux
Devinrent les jouets d'un peuple furieux
Événement cruel! mais leçons profitables
Aux partisans zélés de nos droits véritables.
Dans le lit de ses droits le peuple a pris son cours,
Malheur à qui, bon Dieu! médite des retours!
La *presse* est de nos droits l'unique garantie,
L'appui de la vertu, la gloire du génie!
O toi, roi fortuné de cet âge nouveau,
Tu nous apparais, toi, comme étant son flambeau!
De ta position daigne avoir le courage,
Que la justice aux tiens soit toujours le partage!
N'écoute que le vrai; du droit le défenseur,
Sois de tous tes sujets le noble protecteur;

. . . .

Fils de la liberté, toi, notre chef suprême, (1)
Notre roi bien aimé, qui t'immoles toi-même
Pour le bonheur de tous ; oui ! nous avons ta foi :
« La liberté, dis-tu, c'est la commune loi :
« Elle est, la *liberté*, l'appui de ma couronne,
« Le joyau de mon sceptre et la gloire du trône !
« La liberté, l'honneur sont nés du sol français;
« J'en suis monarque, moi, qu'on n'y touche jamais !
« Un Français, à mes yeux, est membre de ma famille,
« Et je suis orgueilleux de l'honneur dont il brille.
« Chef de la nation, avant tout citoyen,
« Je suis de mes sujets le vrai concitoyen,
« Premier de mes égaux, l'éclat de ma couronne,
« Oui ! c'est la liberté; c'est elle qui le donne !
« La *liberté* conquise au prix de notre sang
« Des peuples admirés nous place au premier rang.
« Sa gloire ou ses malheurs seront mon héritage ;
« Ses maux comme ses biens toujours je les partage.
« Tous mes nobles efforts n'ont pour objet qu'un but,
« La *liberté* surtout; ce divin attribut !
« Oui ! je veux gouverner une nation libre,
« En qui brille la gloire, et dans qui l'honneur vibre.
« Le jour où, par malheur, follement abusé,
« J'aurais *ingratement* pollu la *liberté;*
« Ce jour-là, c'en est fait, trompeur de ma patrie,
« Elle doit me laisser avec ma dynastie !
« De notre nation en trompant tous les vœux,
« Je ne suis qu'un faussaire, un tyran odieux !

---

(1) Cette épître avait été transcrite en entier, et devait paraître *telle*, témoin mon imprimeur et mon manuscrit; mais, en relisant, j'ai pensé que si, à mon avis, la *cruauté* et la *barbarie* étaient *l'immoralité* au premier chef, je ne devais pas pourtant avoir seulement l'air de les provoquer ; j'ai donc supprimé des passages...

Non que je redoutasse que le *roi* les eût trouvés mauvais. Oh ! non ! un roi est le père de ses sujets; il peut être surpris ; il peut se tromper ; mais un père aime ses enfants, fussent-ils ingrats et méchants : or, j'ai l'extrême fatuité de dire que je ne suis pas méchant, et que je suis même la victime des méchants ; ce qui n'est pas tout à fait la même chose.

Tout ce que je puis dire c'est que, le cas échéant, tous les méchants réunis ne pourront pas plus nier la vérité que tous les peuples du monde l'existence du soleil.

« Oui ! je suis un tyran et l'horreur de l'histoire ;
« D'un peuple sans égal j'aurais trahi la gloire ! »
O roi de notre cœur, tu peux être trompé ;
Nous te savons ami de cette liberté
Utile aux intérêts que réclame la France,
Dont tu seras toujours la gloire et l'espérance !

E. BREBION, prêtre.

OBSERVATION. — Notre attachement *gratuit* à l'auguste dynastie d'Orléans est connu de plusieurs de nos lecteurs. Les bienfaits de son gouvernement, à notre égard, sont postérieurs à notre dévouement. Nous ne serons donc pas taxé d'intérêt quelconque, quand nous croyons devoir reproduire ce passage frappant sur la liberté de la *presse*, passage que nous osons prendre la liberté de soumettre à l'auguste méditation du roi, que des conseils perfides pourraient égarer par la suite : « Telle est la puissance de la presse que ceux-là « même qui la redoutent et la détestent s'inclinent devant elle. Les députés « mettent le genou en terre pour lui rendre hommage, et les ministres lui « paient régulièrement la dîme... Qui voudrait lutter contre cette puissance « terrible ? Un jour il y eut un roi qui osa en sa présence mettre la main à « l'épée ; il sentit sa couronne emportée. Ce roi était aussi puissant qu'on « peut l'être sur la terre ; il avait une armée, une victoire récente qui procla- « mait sa grandeur ; il avait huit siècles qui proclamaient son droit ; eh bien ! « pour avoir voulu mettre sa main sur un chiffon de papier qu'on appelle « *journal*, royauté, aristocratie, armée, victoire, canons, grandeur sécu - « laire, tout cela fut balayé du sol en moins de trois jours. »

UN SECRÉTAIRE D'AMBASSADE.

VINGT-UNIÈME ÉPITRE.

A Monseigneur le duc d'ORLÉANS, prince royal.

(En faveur des curés desservants.)

FRAGMENT.

O prince, roi futur d'un peuple fortuné,
Tu le sais comme moi, l'on veut être éclairé.
Ah ! puisses-tu, guidé par cette lumière
Que suit, depuis longtemps, la France tout entière,
De fatals préjugés écarter le poison,
Faire éclater partout le droit et la raison.
Dans tes sujets futurs se rencontre une classe,
Victime trop longtemps d'une coupable audace ;
J'entends ici parler des *curés desservants*,
Qui, des champs du Seigneur cultivateurs constants,
Des rigueurs des saisons bravant l'intempérie,
Pour un devoir sacré s'en vont risquer leur vie.
Et quelle vie, ô Dieu ! que celle des pasteurs,
Des moindres agréments ignorant les douceurs,
Mais accablés souvent sous le poids de leur peine,
Que leur offrent partout l'ignorance et la haine !
Pour le bonheur de tous hommes sacrifiés,
Les prêtres ne sont plus comme jadis choyés
Par les grands et petits, objets de bienveillance,
De respect et d'amour, et de reconnaissance.
Aux prêtres de *Jésus* l'outrage et le mépris
Pour tant de dévoucments sont l'universel prix !
Hélas ! c'est bien en vain qu'au jour du sacerdoce
Le prêtre, renonçant aux honneurs, au négoce,
A fait de tous ses droits l'héroïque abandon :
Le méchant n'a pour lui ni grâce ni pardon.
Encore trop heureux, si de la malveillance
Il n'avait à subir que l'inique influence ;

Mais, hélas ! bien souvent le pouvoir abusé
S'unit cruellement à la perversité?
Pour garer le pasteur, oh ! il n'est pas de charte ;
Dans ce cas elle n'est qu'une vaine pancarte.
Le voleur, le forçat, seront au moins jugés ;
Il n'en est pas ainsi pour de pauvres curés !
Sans le moindre respect pour le mal qui les ronge
Sur leurs noms malheureux on fait passer l'éponge ;
De leurs cris déchirants l'humanité gémit ;
Pour les puissants heureux, ah ! ce n'est qu'un vain bruit !
O prêtres, sachez ça ; bien vaines sont vos larmes !
Est-il compassion pour qui n'a point d'alarmes ?
Le seul infortuné sera compatissant ;
Il n'a qu'un cœur de fer le riche et le puissant,
Si, pour son contrepoids, l'on n'invoque la justice,
Garant de tous les droits, aux malheureux propice,
Il en est temps encore, ô prince généreux,
Daigne prêter ton aide aux prêtres malheureux,
Victimes si souvent, de la malice humaine... (1)

(1) La même raison qui nous a conseillé de supprimer plusieurs passages de l'épître huitième nous engage à en agir de même ici.

Nous ne parlions pourtant sous l'influence d'aucune récrimination ; mais nous voulons éviter jusqu'à l'ombre de cette calomnieuse insinuation. Il nous est facile de pardonner à nous qui avons été cruellement offensé et si odieusement persécuté ; mais les méchants orgueilleux ne pardonnent pas le tort qu'ils ont fait gratuitement, selon cette remarque profonde de La Bruyère : « Comme nous nous affectionnons beaucoup, et de plus en plus, aux personnes « à qui nous avons fait du bien, de même nous haïssons violemment ceux que « nous avons beaucoup offensés : » T. I, p. 181.

Or, comme rien n'est plus vrai que la vérité de ce passage, nous ne sommes pas ici le *haineux*, puisque réellement nous pardonnons une persécution odieuse ; mais malheureusement l'injurieux ne pardonne pas à sa victime, et quand l'injurieux est puissant, que l'on s'adresse à lui pour des renseignements qui doivent décider de notre destinée, alors avons-nous tort de penser que nous ressemblons un peu à ce poulet dans la griffe du renard, à cet agneau dans la gueule de messire loup? Quand nos ennemis gèrent nos affaires, peuvent-elles aboutir à bien? Mais patience, M. Coiffé, nous aurons recours à la plus puissante *reine* du monde moderne, la *presse*, qui, en majestueuse souveraine, s'est tue noblement, comme vous vous taisez prudemment, sans grogner en rongeant la crosse de l'agneau ! que vous êtes éloquent et admirable quand vous vous taisez, M. Coiffé ! vous ne voudriez pas qu'on dît de vous :

« Alors qu'on rougissait de votre impéritie,
« Vous surgissez brillant de la gloire du génie !... » (Epitre 31me.)

TRENTE-DEUXIÈME ÉPITRE.

A M. DE LAMENNAIS, DANS SA PRISON.

> « Avoir les populaces en dédain, le
> peuple en amour.... »
>
> (VICTOR HUGO.)

FRAGMENTS.

O savant Lamennais, ta parole magique
Imprime à tes leçons un caractère unique !
Dès ton premier essor tu bondis vers les cieux,
D'où tu répands sur nous tes rayons lumineux ?
Philosophe sublime, et surtout honnête homme,
Tu devrais, toi, chanter *Londres*, *Paris* et *Rome*.
Pour un sujet si beau ton divin Apollon
Te donna son secret dans le sacré vallon,
Où, poète, en ta prose, en ta tendre jeunesse,
Tu buvais à longs traits les eaux de son Permesse !
Ils semblent de Phébus tes ouvrages divins,
Où tu défends, hardi, tous les droits des humains ;
Mais, à tes pieds placé, pourrai-je bien te dire
Que tu sacrifiais au coupable délire
  Quand d'un gouvernement et longanime et doux
Tu provoquas, fougueux, le douloureux courroux?
De nobles sentiments ton âme tout empreinte
D'un semblable malheur ne subit pas l'atteinte ;
Et l'ignoble prison qui clôt de Lamennais,
Désormais ennoblie, est un digne palais !
Sans doute, Lamennais, sur ta vile geôle
Eclate de ton nom la brillante auréole ;
Mais du respect des lois violateur constant,

Le jury dut porter son arrêt éclatant.

. . . . , ...

De la société noble concitoyen ,
Tu devrais être, toi, le ferme soutien.
Si de l'humanité tu protéges la race ,
Ne sais-tu pas aussi qu'il régne à sa surface
Un principe boueux , détestable ferment ,
Imp'acable mineur de tout gouvernement ?
Illustre Lamennais, tu compromets ta gloire,
 Tu profanes ton nom, tu souilles ta mémoire ,
Quand d'un peuple égaré tu te fais l'avocat ;
Ah ! d'un si beau renom ne ternis pas l'éclat !
Un jour, elle nous l'a dit, ta sublime parole :
« Le peuple tôt ou tard renverse son idole ! »
Tu sais : l'or le plus pur a sa déjection ;
Il en est tout autant de chaque nation.
Du nectar frelaté tu goûtes l'amertume :
 Grave fut ton erreur ; de l'or tu pris l'écume !
Il en est temps encore, abjure tes erreurs ;
Renonce pour toujours à tes vaines fureurs ?
Persévérant censeur de *notre indifférence*.....
Reviens à ton honneur, illustre encor la France ;
Peins-nous en traits de feu tes regrets solennels ;
« Dieu fit du repentir la vertu des mortels ?

. . . .

. . . .

. . . .

E. BREBION, prêtre.

Les derniers ouvrages dont M. de Lamennais vient d'affliger la société , la
religion et la morale réclament de ma part une nouvelle improbation qui
paraîtra dans le prochain numéro de la *Tribune Poétique*.

OBSERVATIONS. — Ce fragment d'épître démontre suffisamment que si je
suis l'admirateur des sublimes talents de M. l'abbé de Lamennais , je ne partage nullement ses erreurs. Les articles que j'ai publiés sur cet homme célèbre, notamment dans la *Gazette de Picardie*, 24 juin , 15 juillet 1834 et
3 février 1835 , prouvent que, juste envers l'homme , je fis justice de
ses erreurs.

Mon article du 24 juin, feuilleton, eut l'honneur d'obtenir l'honorable
mention suivante, à l'unanimité, de mes confrères. Reproduisons textuellement : « M. le conférencier (M. le curé de Villers-Bretonneux) cite un ar-

« ticle inséré dans la *Gazette de Picardie*, feuilleton, 24 juin 1834, dont la
« rédaction claire, précise, pleine de talent, est l'ouvrage de *M. E. Bre-*
« *bion*, curé de Lamotte, membre de cette assemblée.

« Le secrétaire des conférences,

« PORGUEZ. »

« 26 août 1834. »

Me pardonnera-t-on d'avouer que j'ai été plus sensible à cette équité de
mes confrères qu'aux éloges des plus grands poètes? c'est que j'étais jugé
par mes pairs !

Pour ma part, j'ai le courage de ne pas rougir de l'intérêt que je porte à
M. de *Lamennais.* Mon intention est loin pourtant de blâmer le gouvernement dont il provoqua la douloureuse rigueur; mais nous n'aurons pas
l'imprudence d'accrocher la bulle fragile de notre existence aux ronces ni
aux dards des orties, c'est à dire de provoquer la malveillance des ennemis de cet homme célèbre, dont nous avons dit il y a quatorze ans, en 1827 :

« Plus heureux si, doué d'une âme moins ardente,
« Il eût suivi du vrai la carrière prudente. »

(*Mon Rêve.*)

Poésies légères.

FABLE Iʳᵉ.

LE CHIEN ET SON MAITRE.

Un chien fidèle,
Des chiens le modèle ;
Ayant de plus cent talents ;
Gardant les bestiaux aux champs,
Faisant au logis sentinelle ,
Donnait la chasse aux méchants
Garnements.
Quand venait la nuit close,
Entendait-il quelque chose,
Aussitôt de prévenir,
D'avertir
Par son langage ,
Que quelque voleur,
Que quelque rapineur
Rôdait dans le voisinage.
Notre chien avait nom
Pluton,
Chéri de toute la maison,
Excepté de son maître, homme dur, intraitable,
Souvent impitoyable,
Sans la moindre raison.
Or, il advint, par aventure ,
Que des poulets furent volés,
Etranglés,
Et servirent de pâture
A quelque gourmand,
Rominagrobis ou Bertrand.
Pourtant sur ce fait chacun glose ;
L'on accuse Pluton de la chose.
Sur qui son maître brutal ,

Sans peser ni circonstance,
Ni vraisemblance,
Frappe à coups de bâton l'innocent animal,
Qui de douleur, en perdant connaissance,
Blesse mortellement
Son maître d'une morsure,
Dont la blessure
En s'envenimant
Met le manant en sépulture.
Voyant le mauvais destin
De son maître barbare,
Pluton mourut de chagrin
Par un dévouement bien rare !
A cette nouvelle
Cruelle,
La mort sourit
Et dit :
« La cruauté vraiment je remercie !
« Biens des gens seraient en vie,
« Que bel et beau
« Elle conduit au tombeau. »

Morale.

La cruauté, la colère,
Un châtiment trop sévère
Produisent mort et désespoir;
Cette fable le fait voir.

FABLE II.

L'EMPEREUR ROMAIN ET LE PEUPLE-ROI.

ALLÉGORIE.

Du temps jadis,
Alors que Paris
S'appelait Lutèce,
N'était qu'une forteresse,
Qu'un point inconnu,
Devant les Gaules perdu,
Passager domaine
De la puissance romaine,
D'un débat important l'on vit surgir la cause
Entre un pauvre et un puissant,
L'un coupable, l'autre innocent;
Et cependant,
Commune chose,
Le coupable opprimait le bon.
Or, le chef de l'état n'était pas un Bourbon,
Mais bien un empereur, produit de la puissance
De ces jours de décadence,
Où le sabre partout
Commande à tout.
Devant l'empereur donc l'affaire est discutée,
Examinée,
Plaidée;
De l'empereur le puissant est connu,
Il a sa confiance;
Le pauvre en est inconnu
Et de plus, écrasé par la toute-puissance
De son persécuteur :
Il craint le jugement du terrible empereur,
Qui, plein de colère,
Inflige à l'innocent une peine sévère,
Le coupable puissant
Triomphant.
Mais notre condamné, de peur qu'on ne le happe,
Vous prend la clef des champs, il s'enfuit et s'échappe

Je ne sais comment;
Et, pour tout dire, en somme,
Parvient jusqu'à Rome,
Où de la liberté l'ombre ou le reliquat
Réside encor dans le sénat.
Les sénateurs, flattés de cette confiance
Que donne à leur puissance
Le transfuge malheureux,
Trouvent qu'il est odieux
De sacrifier l'innocence
A l'omnipotence.
Le procès revisé
Absout le condamné,
Dont voici la sentence :
« Ainsi que Dieu le peuple-roi
« Ne connaît que la loi
« En vertus comme en forfaiture;
« Telle est la loi de la nature.
« Ce fut par l'équité que l'empire romain
« Des peuples subjugués s'est fait le souverain :
« L'injustice et la violence
« Le font tomber en décadence.
« Le peuple, l'individu se donnent le même tort
« D'écouter la voix du plus fort;
« Tu surpris, c'est prouvé, le *puissant* dans un crime;
« Et lui, pour s'en venger, il t'a fait sa victime;
« Mais les justes dieux
« Punissent tôt ou tard les méchants odieux :
« Ton vil persécuteur, en sa lâche vengeance,
« Longtemps te fit porter le poids de sa puissance;
« Mais il aura son tour
« Un jour.
« Cette prédiction du sénat de l'empire
« Te prouvera bientôt qu'un sort mille fois pire
« Que le tien
« Menace le méchant. » Ce fait le prouve bien :
Notre persécuteur, par trop de confiance
En sa puissance,
Des peuples révoltés lasse la patience;
Sans être écouté,
Ni jugé,
Il fut, dans une émeute, un beau jour massacré;

Et, ce qui nous effraie,
Son corps flétri fut traîné sur la claie.

Morale.

Cette fable prouve évidemment
Que le fort et le puissant,
En toute circonstance,
Soutiennent leur influence;
Que le gouvernement
Le plus juste,
Partant le plus auguste,
A pour fondement,
Sans exception aucune,
La cause commune;
Et que là haut, dans les cieux,
Les petits et les grands ont pour maître ses dieux.

FABLE III.

LE GÉNÉRAL *CLÉMENT* ET LE SOLDAT *RECONNAISSANT*.

Un général d'armée,
De grande renommée,
Aussi prudent
Que vaillant,
Très sévère en discipline,
Contre le viol et la rapine
Avait l'ordre porté
Que tout soldat, de par la fusillade
Paierait son escapade,
En faute trouvé.
L'un d'eux, pourtant, trouve à sa guise
Un gras chapon ;
Alléché par la friandise,
Il le happe bel et bon,
Lorsque le chef de l'armée
Vint le troubler en sa curée :
Maraud ! dit le général,
Tu pris cette volaille ;
Chapon, en général,
N'est pas mets de canaille.
Le fait était constant,
Evident ;
En attendant la fusillade,
Il fallut ouïr l'algarade
Du général irrité.
Le troupier atterré
Par cette mésaventure
Promet et jure
Qu'il sera sage à l'avenir ;
Il peint son repentir
En fort touchant langage
Et, par son beau parlage,
Intéressant,
Il plaît au chef de l'armée,

Dont l'âme élevée
Fut touchée
Du sort du pauvre délinquant :
« Ta grâce, dit-il, je te donne,
« Et te pardonne,
« Puisque toi
« Et moi
« Savons seuls la peccadille ;
« Mais, mon drille,
« Une autrefois le plomb
« Te tomberait d'aplomb ! »

Le lendemain pourtant on livre la bataille :
Plus question de volaille,
Mais de balle et de mitraille.
Le chef, par son courage emporté,
Se trouvait entouré
D'une troupe ennemie ;
Grand danger courait sa vie,
Quand notre mangeur de chapon,
Intrépide comme un lion,
Reconnaissant de son pardon,
Enivré de poudre,
Fait l'effet de la foudre,
Et d'un courage sans égal
Délivre son général.

Morale.

En toute circonstance
La bonté, la clémence,
Trouvent leur récompense ;
Comme aussi la dureté,
La cruauté,
N'échappent à l'impunité.
Le méchant, en sa rigueur extrême,
N'est indulgent que pour lui-même ;
Mais il aura son tour
Un jour.

E. BREBION, *prêtre.*

N. B. Note qui aurait dû être insérée dans ma dernière brochure. — Six de mes épîtres se terminent en vers légers par des fables.

Savoir : 1º La *troisième* à M. le comte Siméon, ancien ministre, par la fable : *Le Cheval et les Anes.*

2º La *onzième* à ma Mère, par la fable : *Les deux Juges et les deux Accusés.*

3º La *seizième* à un député, par la fable : *l'Ombre, la Lumière et Jupiter.*

4º La *dix-neuvième* à M. de Lamartine, par la fable : *le Prince et l'Architecte.*

5º La *trentième* à M. Victor Hugo, par la fable : *Pégase envoyé en France par ordre d'Apollon.*

6º La *trente-quatrième* à M. M***, par : *le Seigneur et son Valet.*

DROITS CANONIQUES, IMPRESCRIPTIBLES

DES CURÉS DESSERVANTS FRANÇAIS,

ou

la discipline catholique, administrative en France. *

ÉLÉMENTS D'UN NOUVEAU CONCORDAT EN HARMONIE AVEC LES DROITS GARANTIS
PAR LA CHARTE.

INTRODUCTION.

> La force d'un évêque est dans ses prêtres
> comme celle d'un général dans ses soldats.

L'humble auteur de cette brochure a publié en 1829 une *pétition à la chambre des députés* dans le but d'obtenir du gouvernement le bienfait et la justice de *l'inamovibilité des curés-desservants*, après huit ou dix ans d'exercice, la révolution de 1830 en empêcha le rapport; mais dès le mois de septembre de la même année, aidé du crédit de plusieurs électeurs, et, par l'entremise d'un ancien ministre, à qui j'avais consacré une épître, je parvins à faire classer aux archives du ministère des cultes la substance des matières que je vais développer.

Mon intention ne peut être de revenir ici sur l'incontestable avantage et l'évidente justice, pour les prêtres, de leur *inamovibilité*, après un certain temps. Ces avantages sont tout à la fois religieux, moraux et matériels. La movibilité arbitraire des prêtres dégrade la religion et ravale le clergé, la morale en reçoit de graves atteintes; le bonheur du prêtre en est essentiellement altéré par la perte de sa tranquillité et souvent de son honneur, puis-

---

* Il ne faudrait pas conclure de l'exposé de mon projet que je suis rebelle au concordat qui nous régit; mais j'ai la certitude que ce projet, que je développe, est plus conforme à l'équité, plus favorable au clergé, et surtout plus en harmonie avec nos institutions. J'en appelle à la bonne foi de mes lecteurs.

que un changement *involontaire* est en même temps une disgrâce et une pu-
nition ; c'est à dire une honte, autrement dire un malheur !

Pour notre part, nous avons jusqu'ici été la victime de trois changements
involontaires et de deux exils ! et nous sommes jeune encore : merci du
peu !!!

Quoi qu'il en soit, nous aurons la noblesse de ne rien dire sur nos propres
intérêts ; nos persécuteurs sont plus à plaindre que nous, et nous bénissons
le Tout-Puissant qui frappe ceux qu'il aime ; mais ce n'est pas une raison
pour que nous ne fassions pas tous nos efforts pour obtenir l'équité et le
bienfait de l'inamovibilité du clergé du second ordre ; car pour notre propre
compte, quelles horribles tortures morales nous eut épargnées l'existence de
ce droit incontestable !

Aux nombreux motifs que j'ai fait valoir dans ma brochure de 1829, j'a-
jouterai ici le poids immense de l'autorité de monseigneur *d'Orléans de La
Mothe, évêque d'Amiens.* Je cite textuellement : « On entend dire quelquefois
« qu'il serait à souhaiter que les curés fussent *amovibles ;* ce n'est pas là
« mon sentiment. L'avantage qui paraîtrait en résulter, qui serait de les rendre
« plus exacts à leurs devoirs, par la crainte de perdre leurs bénéfices, n'est
« pas comparable à l'inconvénient du peu d'attachement et de l'espèce d'in-
« différence que l'amovibilité leur donnerait pour un troupeau dont la con-
« duite pourrait, d'un moment à l'autre, leur être enlevée. D'ailleurs quelle
« source d'importunité pour les évêques ? que de requêtes ils auraient à es-
« suyer de la part des seigneurs (aujourd'hui des maires), au moindre mé-
« contentement, bien ou mal fondé, que les uns et les autres auraient de
« leurs pasteurs, s'ils avaient l'espérance d'en changer ? ce serait un trouble
« perpétuel, un mouvement qui ne cesserait jamais et qui serait aussi con-
« traire au repos des prélats qu'au bon ordre et au bien des fidèles. »

Mémoire sur monseigneur d'Orléans de La Mothe, évêque d'Amiens,
(*lettre septième,* p. 202.)

Eh bien ! ce que prévoyait si bien le grand prélat, nous l'éprouvons aujourd'hui, avec cette différence que nous avons des maires en place de seigneurs, qui, au moins avaient des sentiments de noblesse et d'élévation, et
eussent, la plupart, rougi de persécuter un pauvre desservant dont la position est si précaire qu'il y a vraiment lâcheté à le vexer, et qui est la
victime de tout, surtout de ses vertus qui gênent, de ses talents qu'on envie,
de son mérite qu'on jalouse, etc.

LA DISCIPLINE
DE L'EGLISE EN FRANCE

SOUS LE RAPPORT DE L'ADMINISTRATION.

> « La règle est la boussole des religieux ; mais le besoin des peuples est l'horloge des souverains pontifes. »　　　　　　(CLÉMENT XIV.)
>
> « L'inamovibilité des curés-desservants est réclamée par la justice, la raison , l'humanité et l'intérêt de la religion. »　　　　　　(DUPIN, 1820.)
>
> « Les grands vicaires, doyens et curés du diocèse de Beauvais (Oise) appellent de tous leurs vœux le jour où le clergé , jouissant des mêmes droits que le reste de la nation , pourra librement choisir ses chefs. »

(Suivent les signatures. Beauvais , 10 juin 1831.)

DISPOSITIF.

TITRE 1er

Art. 1er. — Il sera créé une section catholique au ministère des cultes ; toutes les affaires relatives à cette religion y seraient traitées par des prêtres.

Art. 2.—Une classification serait admise pour les traitements, honneurs et émoluments, en relation avec l'importance des fonctions.

Art. 3.—Si le ministère des affaires ecclésiastiques était rétabli, il devrait avoir pour chef un évêque, dans le cas contraire le chef de la division catholique ne peut être évêque.

TITRE 2.

DES PRÊTRES VICAIRES, DESSERVANTS, AUMONIERS, ETC.

Art. 4.—Tout prêtre n'ayant pas atteint sa dixième année de prêtrise, serait révocable par l'évêque et pourrait être déplacé par lui.

Art. 5.—Cependant, comme dans un changement d'un prêtre *movible* il peut y avoir abus évident de pouvoir, l'intéressé aurait son recours au ministère des cultes, section catholique, où le conflit serait porté.

Art. 6.—Comme il ne saurait y avoir de prescription pour l'injustice et la violence, tout prêtre victime pourrait aussi avoir recours au ministère des cultes, où une commission d'ecclésiastiques serait investie du droit d'examen, de révision et de réhabilitation, s'il y a lieu.

Art. 7.—Les vicaires, aumôniers, prêtres habitués seraient révocables par l'évêque, en raison même de la nature de leurs fonctions.

TITRE 3.

DES CURÉS INAMOVIBLES.

Art. 8.—Tout prêtre-desservant d'une commune justifiant de dix années d'exercice serait inamovible ; et ne pourrait être changé *involontairement* sans procès.

TITRE 4.

SECTION I.

Élection des Dignitaires ecclésiastiques, en vertu d'une sage combinaison d'électeurs ecclésiastiques, civils et municipaux.

Art. 9.—Une cure de canton vient-elle à vaquer, il y serait pourvu de la manière suivante : Tout le personnel du clergé, résidant dans le canton se transporterait dans le chef-lieu le jour indiqué par l'évêque et le préfet pour y élire le doyen du canton.

Art. 10.—Le maire du chef-lieu de canton, le juge de paix et un nombre égal au quart des prêtres, pris et tirés au sort parmi les membres du corps municipal du chef-lieu de canton, concourraient à l'élection du doyen à élire.

Art. 11.—Les curés inamovibles, ayant dix années révolues de prêtrise, seraient seuls éligibles.

Art. 12.—Il y aurait des opérations distinctes pour la nomination de deux candidats.

Art. 13.—Les candidats seraient nommés à la simple majorité d'une voix.

Art. 14.—Le plus âgé des curés inamovibles et le juge de paix ou le maire et l'adjoint du chef-lieu de canton présideraient au dépouillement des votes.

Art. 15.—L'évêque diocésain choisirait dans les deux candidats celui qu'il préférerait et soumettrait sa nomination au roi.

Art. 16.—Dans le cas où, par caprice, par influence secrète, ou toute autre, quelques ecclésiastiques refuseraient de se rendre au chef-lieu de canton, pour l'élection d'un doyen, les candidats ne pourraient être choisis que parmi les présents, ou duement empêchés. S'il n'y avait que deux présents ; ils seraient par-là même candidats ; s'il n'y en avait qu'un, il serait de droit soumis à l'agrément du roi ; s'il n'y en avait pas, il en serait référé au ministère des cultes, qui, d'accord avec l'évêque, solliciterait l'agrément du roi pour un prêtre inamovible, étranger au canton.

SECTION II.

Élection des Doyens d'arrondissement.

Art. 17.—Les doyens d'arrondissement seraient aussi éligibles de la manière suivante : Un doyenné d'arrondissement vient-il à vaquer, tout le personnel des doyens de canton du diocèse serait convoqué au chef-lieu d'arrondissement du doyen à remplacer : la convocation aurait lieu comme il a été dit à l'art. 9.

Art. 18.—Le sous-préfet de l'arrondissement, le président du tribunal, le maire de la ville ou l'un de ses adjoints, et un nombre de membres du corps municipal, égal au tiers des doyens de canton présents, seraient admis à l'élection du doyen d'arrondissement.

Art. 19.—Il y aurait nomination de deux candidats, en deux opérations distinctes, à la simple majorité d'une seule voix.

Art. 20.—Le plus âgé des doyens de canton, le sous-préfet de l'arrondissement ou le président du tribunal civil présideraient au dépouillement des votes.

Art. 21.—L'évêque diocésain choisirait celui qu'il préférerait, et le soumettrait à l'agrément du roi.

Art. 22. — L'article 16 du présent titre serait applicable dans tous les cas qu'il énumère.

SECTION III.

Nomination des Chanoines.

Art. 23. — Comme le sort est un mode d'élection, qui, en plus d'un cas, en vaut un autre (voir le premier acte des *Apôtres*, v. 23, 24, 55 et 26, *S. Barnabé*, etc.), les chanoines titulaires seraient désignés par le sort auquel la Providence se plaît quelquefois à prendre le plus de part. Un *canonicat* viendrait-il à vaquer, les noms de tous les doyens d'arrondissement seraient mis dans une urne par bulletins. L'évêque diocésain, ou son délégué, le préfet ou son délégué présideraient au tirage, et le premier nom sorti serait le chanoine titulaire, lequel, avec l'agrément de l'évêque, pourrait céder son droit à tous les doyens de canton ou d'arrondissement

SECTION IV.

Des Vicaires généraux.

Art. 24. — Tout évêque aurait droit à deux vicaires généraux, dont l'un à la nomination du roi, et l'autre à la sienne propre. (Nous croyons que les évêques ont ce droit, et que le gouvernement ne peut, sans injustice, refuser le traitement d'un *vice-évêque.*)

SECTION V.

Nomination des Évêques.

Art. 25. — Nous sommes de ceux qui pensent que la sublime dignité épiscopale est presque essentiellement élective. Dans notre projet, elle le serait de la manière suivante : Un siége épiscopal viendrait-il à vaquer, tous les évêques et archevêques de France enverraient au ministère des cultes, section catholique, le nom du candidat diocésain qu'ils auraient désigné. Il y aurait donc autant de candidats qu'il y aurait de diocèses. Il nous paraît conforme au droit que les évêques se perpétuent, pour ainsi dire, eux-mêmes, et qui mieux qu'eux peuvent connaître les *dignes?* seulement pour être *candidat épiscopal* il faudrait être curé inamovible, et avoir, par conséquent, dix ans d'exercice. (Quelque talents et vertus que puisse avoir un prêtre, l'expérience manque avant l'usage et l'exercice.)

Art. 26. — Les noms de chaque *candidat diocésain* désigné par l'évêque seraient envoyés au ministère des cultes, section catholique ; et, en présence de l'archevêque de Paris, de deux curés inamovibles, du ministre des cultes et d'un commissaire du roi, les sus-dits noms seraient déposés dans une *urne électorale*, et, après un tirage consciencieux, précédé d'un mélange préalable, ils seraient tirés de l'urne par le ministre des cultes en personne, ou son délégué. Les douze noms sortis les premiers de l'urne (12 *Apôtres*) seraient proclamés *candidats apostoliques*, et la liste, après procès-verbal en forme, serait présentée au roi, qui choisirait *deux candidats* sur douze, lesquels présentés au saint Père, il choisirait à son tour celui qu'il préférerait.

. . . .

L'espace me manque pour parler des *officialités*, des *abus* de *pouvoirs*, des *synodes, conciles...* A une autre fois. E. BREBION, *prêtre.*

Remarque. Il nous est impossible de prévoir quand paraîtra le deuxième numéro de la *Tribune poétique ;* ce ne peut être qu'après la vente de ce *premier numéro spécimen ;* mon intention étant de ne plus imprimer à mes frais.

Mon espoir au succès de la *Tribune poétique* est fondé ; des efforts généreux seront faits pour la propager au profit de tous les droits.

Un puissant encouragement pour nous, c'est la bienveillance de sa majesté pour le clergé. A l'instant où nous traçons ces lignes nous lisons dans un journal du 8 mai 1841 que Louis-Philippe, notre auguste monarque, alors duc de Chartres, se trouvant en garnison à Vendôme, à la tête de son régiment, sauva la vie, en 1791, à deux prêtres réfractaires ; c'est à dire orthodoxes et martyrs. Ce trait de grandeur d'âme et de magnanimité est digne de Titus et de Marc-Aurèle, et peint bien notre roi tel qu'il est.

Une perspicacité aussi pénétrante que celle du roi saisira d'un seul coup d'œil l'avantage de la *Tribune,* où seront plaidés, à chaque numéro, en vers ou en prose, la cause du clergé, surtout du second ordre.

Nous osons même espérer que notre système d'un nouveau concordat, où d'un autre analogue, sourira à ses vues de justice et d'équité. Rendre les prêtres inamovibles, après dix ans d'exercice, est une justice impérieuse, puisque les prêtres constituent la première magistrature du monde. L'élection des dignitaires ecclésiastiques, par une sage combinaison d'électeurs prêtres, civils et municipaux, n'est pas moins urgente, et son adoption ne peut souffrir de retard. Cette élection est le lien indispensable et indissoluble qui attachera le clergé au peuple, et le peuple au clergé. Sans cette mesure impérieuse, le peuple deviendra tout à fait étranger au clergé et à la religion ; car aujourd'hui le peuple ne s'intéresse qu'à ce à quoi il prend une part réelle et active.

Ce système aurait le précieux avantage de procurer infailliblement de bons choix, et d'éviter ces choix déplorables qui provoquent d'unanimes et légitimes répulsions.

Souvent on l'a répété depuis dix ans, il faudrait trouver le secret de conquérir à l'opinion et de gagner au gouvernement le clergé français en masse. Eh bien ! pour cela qu'on le rende inamovible ; il vous suffira d'être juste et équitable à son égard. Arrachez-le au triple arbitraire de l'impiété, du hasard et du caprice, et après cela comptez sur lui ; il vous aidera d'une manière franche et loyale dans tout le bien que vous tenterez. Cessez de mettre le clergé hors la loi commune, et son bienveillant concours vous est garanti.

E. BR**, *prêtre.*

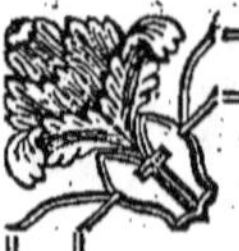

AVIS.

Le deuxième numéro de la *Tribune Poétique* contiendra, entre autres poésies, l'Epître N° 16, à un *député* ; une Invocation à la Jeunesse, et des Considérants sur les droits canoniques et imprescriptibles des curés desservants.

MATIÈRES CONTENUES

DANS CE PREMIER NUMÉRO SPÉCIMEN.

1° PROSPECTUS.

2° *Huitième Epître*, deuxième au roi, sur la liberté de la Presse.

2° *Vingt-unième Epître* au prince Royal, duc d'Orléans, en faveur des curés desservants.

4° *Trente-deuxième Epître* à M. l'abbé de Lamennais, dans sa prison.

5° *Fables* et *Allégories*.

6° Discipline catholique, administrative en France. — Droits canoniques et imprescriptibles des prêtres *français*, ouvrage qui, sous un titre modeste, est classé depuis 1831 aux archives du ministère des cultes.

Paris, Imprimerie de Poussielgue, rue du Croissant, 12.

www.ingramcontent.com/pod-product-compliance
Lightning Source LLC
LaVergne TN
LVHW021052050726
842519LV00003B/1134